DERRIÈRE LA PORTE

Texte d'Agnès Laroche
Illustré par Clotka

RAGEOT

LES PERSONNAGES DU ROMAN

Émilie a dix ans. Elle est orpheline et a toujours vécu au foyer des Mésanges. Mais sa vie vient de changer : depuis quelques jours, elle vit avec monsieur et madame Plancoët, sa famille d'accueil... Et elle les trouve super pénibles !

Monsieur et madame Plancoët
accueillent chez eux des orphelins
ou des enfants dont les parents
ne peuvent pas s'occuper.
Émilie, leur nouvelle protégée,
est là depuis peu, et ce n'est pas facile
tous les jours !

SOMMAIRE

1. Un hibou en chemise de nuit

Je me suis décidée juste après le dîner : tout à l'heure, quand monsieur et madame Pénible dormiraient, j'irais ouvrir la porte mystérieuse, la porte verte. Celle qui, depuis mon arrivée chez eux une semaine plus tôt, restait fermée et me faisait un drôle d'effet à chaque fois que je passais devant.

Quand j'avais demandé ce qu'il y avait derrière, monsieur Pénible avait haussé les épaules.

– Oh, du bric-à-brac, rien d'intéressant, avait-il prétendu.

Mouais... je ne sais pas pourquoi, mais je n'y croyais pas.

Deux jours après, j'avais tenté de nouveau, avec madame Pénible.

– Oh, du bric-à-brac, rien d'intéressant, avait-elle répondu sur le même ton.

Ils me prenaient pour une imbécile, ou quoi?

Du coup, elle m'intriguait encore plus, cette porte. Il fallait que je l'ouvre. Sauf que je n'étais jamais seule dans la maison, les Pénible étaient du genre super collant. Il ne me restait donc qu'une solution : la mission nocturne.

À 22 h 00, ils sont venus me dire « Bonsoir Émilie, dors bien ». Je leur ai répondu d'un vague hochement de tête et j'ai éteint la lumière. Enfin, juste quelques minutes. Quand il n'y a plus eu de bruit à l'étage, j'ai rallumé. Ensuite j'ai attendu que l'horloge du salon sonne douze fois. Douze coups sinistres qui ont résonné dans toute la maison. Pas terrible comme ambiance, mais j'étais décidée.

Je suis sortie de ma chambre en silence. J'ai regardé à droite, puis à gauche. La voie était libre. Les bras tendus pour ne pas me cogner, je me suis avancée dans le couloir sombre, en chaussettes.

Une fois devant la porte verte, le souffle suspendu, j'ai posé la main sur la poignée et je l'ai tournée doucement. Pff, elle était fermée, archi-fermée. J'ai froncé les sourcils. Pourquoi les Pénible avaient-ils besoin de garder sous clé du «bric-à-brac, rien d'intéressant»? Bizarre, non? Hyper louche même!

J'ai collé mon oreille à la porte,
et j'ai aussitôt reculé, effrayée :
je venais de percevoir comme un souffle,
un déplacement. Carrément flippant !
Et s'il y avait dans cette pièce quelque chose
qu'ils ne voulaient pas que je voie ?
Quelque chose ou... quelqu'un.
Mon cœur s'est mis à battre plus vite.

Tendue, j'ai fait demi-tour en
marchant comme une somnambule lorsque,
soudain, j'ai poussé un hurlement.
Madame Pénible venait de surgir
devant moi comme un hibou assoiffé
de sang prêt à se jeter sur sa proie.
Elle a allumé la lumière.

– Émilie, qu'est-ce que tu fabriques debout à une heure pareille ? a-t-elle grondé. File vite te coucher.

Et elle ? Qu'est-ce qu'elle faisait debout à une heure pareille ? Comme par hasard, pile au moment où je rodais autour de la porte verte ? Elle craignait peut-être que je parvienne à l'ouvrir...

Qu'est-ce qu'elle m'aurait fait si j'avais réussi, hein ?

Mais pas question de me laisser impressionner par un hibou en chemise de nuit !

Cette porte, je l'ouvrirais, juré, craché. Et rien ni personne ne m'empêcherait de dévoiler au monde entier l'abominable secret qui se cachait sûrement derrière, celui de monsieur et madame Pénible !

2. Non merci !

J'ai foncé dans ma chambre en frissonnant et je me suis vite recouchée. Je me suis tournée et retournée au moins cent fois dans mon lit, incapable de m'endormir. Je me demandais ce que complotaient Alfred et Josefa Plancoët, ma «famille d'accueil», derrière la porte verte.

Alfred et Josefa, tu parles, des prénoms affreux, sans doute inventés rien que pour eux. Moi, je préférais les appeler monsieur et madame Pénible, ça leur allait tellement bien !

Monsieur Pénible passait son temps à m'interdire tout et n'importe quoi :
pas le droit de me coucher après dix heures,
pas le droit de dire de gros mots,
pas le droit de regarder la télé ni d'aller sur Internet pendant la semaine, et même pas le droit d'oublier de faire mes devoirs.
Pas question non plus de laisser mon lit en désordre, ou d'oublier du linge sale sur la moquette. PÉNIBLE !

Quant à sa femme, ce n'était pas mieux. Elle préparait les pires repas de la planète : des légumes tous les soirs, en gratin, en sauce, à la vapeur, en terrine, en salade.... Des légumes, toujours des légumes, et obligation de finir mon assiette. Pour la douche, n'en parlons pas : une par jour, minimum, pas de discussion. Sans oublier le brossage de dents, matin et soir, et l'obligation de lire un vrai livre avant de m'endormir. PÉNIBLE !

Ils avaient beau accueillir des enfants comme moi depuis quinze ans, ils n'y connaissaient rien, mais alors rien de rien ! Et la directrice du foyer des Mésanges, l'orphelinat où je vivais

depuis toujours, m'avait raconté n'importe quoi :

– Tu verras Émilie, grâce à monsieur et madame Plancoët, tu vas découvrir la vie de famille. J'espère que vous ferez un bon bout de chemin ensemble.

Ah oui ? Mais je n'avais rien demandé à personne, moi ! J'étais heureuse, au foyer des Mésanges ! Au moins, là-bas, on me laissait tranquille. J'y faisais ce que je voulais quand je voulais. Personne ne se souciait de savoir si j'avais pris ma douche ou si j'avais terminé mes exercices de maths, et j'avais le droit de manger des pâtes à volonté, presque tous les jours.

Et même si parfois je me sentais un peu seule, j'avoue, au moins j'avais des amis pour me remonter le moral.

Alors que maintenant j'étais coincée ici, dans ma «famille d'accueil». Non merci!

Oh bien sûr, monsieur et madame Pénible essayaient de jouer les gentils, de m'attendrir, mais c'était sans doute pour mieux se servir de moi par la suite.
Parce que non seulement ils étaient pénibles, ces deux-là, mais ils étaient louches, avec leur porte fermée à clé. Si ça se trouve, tous les enfants qu'ils avaient accueillis jusqu'ici étaient encore là, prisonniers, réduits en esclavage!

Mais, moi, je ne me laisserais pas faire, parole d'Émilie.

Juste avant de m'endormir, les paupières lourdes, j'ai eu une idée simple et lumineuse : pour ouvrir la porte, il me suffisait de trouver la clé !

3. Dix-sept clés

Quand je me suis levée, vers 9 h 30, j'ai trouvé un mot sur la table de la cuisine.

« *Émilie, nous sommes partis faire les courses, nous serons de retour vers 10 h 30* ».

Yes, la chance était avec moi, je pouvais mettre mon plan à exécution sans attendre !

Dans chaque pièce de la maison, j'ai ouvert tous les placards, tous les tiroirs.

Je n'ai fait qu'une petite pause pour regarder une dizaine de cadres, dans l'escalier. Dans chacun d'eux se trouvait une photo de monsieur ou madame Pénible, accompagné d'un enfant différent, qui souriait de bon cœur, à la piscine, à la campagne, ou devant un gâteau d'anniversaire. Sans doute les garçons et les filles qui m'avaient précédée. Des orphelins, comme moi.

Pff, si ça se trouve, ces photos, elles étaient truquées pour faire croire à tout le monde qu'ici c'était la maison du bonheur, alors qu'en réalité...

J'ai fini par récolter dix-sept clés.

L'une d'elle, j'en étais sûre, était la bonne. Quant à ce qui se trouvait derrière la porte, j'en frissonnais d'avance : peut-être des enfants prisonniers, nourris à l'eau et au pain sec... Ou alors il y avait des instruments de torture que les Pénible fabriquaient eux-mêmes et qu'ils avaient l'intention de tester sur moi. Brrr, rien que d'y penser, ça me donnait la chair de poule.

Ce qui était sûr, c'est que lorsque j'aurais enfin découvert ce qui se cachait derrière la porte verte, je me précipiterais sur le téléphone. J'appellerais la directrice du foyer et je la supplierais :

– Vite, venez me chercher, je cours un terrible danger !

La police s'en mêlerait, monsieur et madame Pénible iraient en prison et si ça se trouve je passerais à la télé. Alors seulement je pourrais respirer : mission accomplie, retour à la case départ, au foyer, là où personne ne me forçait à lire un vrai livre le soir. Adieu, monsieur et madame Pénible !

Les dix-sept clés au chaud dans les poches de mon pyjama, je me suis pressée vers la porte mystérieuse, au premier étage, au fond du couloir. L'heure de vérité avait sonné.

J'ai franchi les derniers pas le souffle court, et j'ai introduit une première clé dans la serrure. Sauf que, pile à ce moment-là, j'ai entendu une voiture se garer devant la maison. Oh non, les Pénible, déjà ! Je n'avais pas vu le temps passer.

Je me suis précipitée vers la salle de bains pour prendre ma douche, en pensant fort de très gros mots que je n'avais pas le droit de prononcer sous ce toit.

Mais je ne perdais pas espoir. L'occasion d'agir se représenterait forcément, et ce jour-là on verrait ce qu'on verrait !

4. À nous deux

En effet, deux longs jours plus tard, en fin d'après-midi, monsieur et madame Pénible m'ont proposé une promenade au Parc aux Biches, où de petits daims venaient de naître.

J'adore cet endroit, on peut y escalader d'énormes rochers, grimper aux arbres et faire de longues balades à dos d'âne. Mais pas question de les accompagner, j'avais mieux à faire. Le moment tant attendu était enfin venu !

Sans rien montrer de mon excitation, j'ai soufflé en levant les yeux au ciel :

– Pff, des biches et des daims, j'en ai déjà vu cent fois ! Je préfère rester devant la télé.

Ils se sont regardés et m'ont juste répondu :

– Bon, eh bien nous, on y va.
Ne t'inquiète pas, on ne rentrera pas tard.

M'inquiéter, ça ne risquait pas !

J'ai haussé les épaules, ils ont enfilé leurs manteaux, se sont emmitouflés dans leurs écharpes, et ils m'ont fait un petit signe de la main auquel je n'ai pas répondu.

Yes, j'allais pouvoir introduire mes dix-sept clés dans la serrure de la porte verte sans être dérangée.

Par la fenêtre, j'ai regardé leur voiture s'éloigner dans l'allée. Puis j'ai avalé une plaque entière de chocolat aux noisettes pour me donner du courage.

Ça m'a donné soif, et j'ai vidé jusqu'à la

dernière goutte du jus de fruits exotiques réservé au petit déjeuner. Après, j'ai inspiré très fort. Il était temps de passer à l'action. J'étais un peu stressée, mais c'est sans doute le cas de tous les héros qui s'apprêtent à affronter le danger pour faire éclater la vérité.

Ce n'est pas pour rien qu'au Foyer des Mésanges mes amis m'appelaient « la guerrière », celle qui n'a peur de rien, ni de personne, même pas de Mikaël, l'éducateur qui nous criait dessus à la moindre petite bêtise.

J'ai monté les marches au rythme de mon cœur qui battait fort. Quand je suis arrivée à l'étage, j'ai longé le couloir en faisant tinter les clés au fond de ma poche. Enfin je suis parvenue devant la porte verte. Je l'ai regardée bien en face pour murmurer, menaçante :

– À nous deux !

Et j'ai introduit une première clé dans la serrure.

5. Derrière la porte verte

Treize clés plus tard, j'ai commencé à m'inquiéter, il ne m'en restait plus que quatre. J'ai pris la quatorzième et, pleine d'espoir, je l'ai essayée. Oh miracle ! La clé s'est mise à tourner tout doucement...
La porte a grincé, j'ai frissonné.

Les rideaux était tirés et j'ai cligné des yeux pour m'habituer. Peu à peu, j'ai commencé à distinguer ce qui m'entourait. Pas d'orphelins martyrs, ni d'instruments de torture...

Juste une chambre avec un lit sans draps contre le mur, un bureau devant la fenêtre, des chaises empilées les unes sur les autres, une table à laquelle il manquait un pied, deux étagères vides, une vieille machine à coudre. Du bric-à-brac, rien d'intéressant... Et le bruit, le souffle que j'avais entendu l'autre soir, c'était juste l'air qui s'engouffrait par la fenêtre entrouverte et faisait danser les épais rideaux. Je ne courais pas le moindre danger, les lieux ne cachaient rien d'effrayant, j'avais tout faux.

J'ai allumé la lumière et, à ma droite, j'ai vu un grand placard blanc sur lequel on avait peint des voitures. Je l'ai ouvert, il était vide.

Puis je me suis avancée vers la cheminée, sur laquelle était posé un gros vase rempli de jolies roses séchées. Juste derrière, j'ai vu une petite chemise cartonnée, blanche. Je l'ai ouverte. J'y ai trouvé une série de photos. On y voyait à chaque fois monsieur et madame Pénible, plus jeunes, l'air heureux, en compagnie d'un petit garçon aux grands yeux, qui leur ressemblait beaucoup. Leur fils, à tous les coups. Il grandissait de cliché en cliché.

Sur la dernière photo, il avait huit ans, peut-être. Huit ans pour toujours, parce que dans la chemise, j'ai aussi trouvé une petite enveloppe entourée de noir. Dedans, il y avait un faire-part, entouré de noir lui aussi, qui annonçait le décès de ce petit garçon.

Je ne l'ai pas lu en entier. Ce n'était pas la peine, j'avais compris, et de toute façon je n'y voyais plus très bien. J'avais des larmes au bord des yeux, que j'ai vite chassées du bout des doigts.

6. Un gratin de pâtes

J'ai éteint la lumière, et j'ai refermé à clé.

Dans l'escalier, devant les photos de ceux qui m'avaient précédée, je me suis de nouveau arrêtée. Ils avaient vraiment l'air heureux.

Peut-être que ces photos ne mentaient pas, après tout.

J'ai reniflé, songeuse. Pas de doute, les Pénible étaient pénibles, du genre «*Fais pas ci, fais pas ça, finis ta soupe, lave-toi les dents*», mais ils n'étaient pas louches, ni méchants. Et ils ne cachaient rien d'horrible derrière la porte verte. Vraiment rien.

J'ai remis toutes les clés là où je les avais trouvées, une par une, avant d'aller dans la cuisine. J'ai sorti une casserole, l'ai remplie d'eau et l'ai mise à chauffer. J'avais envie de faire un gratin de pâtes, ma spécialité. Enfin, plutôt le seul plat que je sais cuisiner…

C'était grand, le Parc aux Biches, les Pénible auraient faim, ce soir, en rentrant.

Quand ils sont revenus, les joues bien rouges à cause du froid, ils ont accroché leurs vestes au portemanteau et m'ont demandé doucement :

– Ça va Émilie, tu ne t'es pas ennuyée ?

– Heu, non, pas du tout, merci. En fait, j'ai... j'ai cuisiné. Je vous ai préparé un gratin de pâtes, j'espère que vous aimez ça...

Ils se sont regardés d'un drôle d'air, un drôle de petit air joyeux, et ils m'ont répondu d'une seule voix :

– Mais oui, bien sûr, on adore ça.

Alors pour la première fois depuis mon arrivée, je leur ai souri, mais pas longtemps, parce que monsieur Pénible a aussitôt ajouté :

– Un peu de salade, ça serait bien, avec le gratin de pâtes, non ?

L'AUTEURE

Agnès Laroche vit à Angoulême.
Dans son petit bureau sous les toits, elle écrit des histoires qui lui permettent de fréquenter dragons, fantômes et vampires ou de partir en Afrique sans prendre l'avion.
Elle est l'auteure de nombreuses fictions diffusées à la radio, de récits et de romans pour la jeunesse.
Son plaisir : faire de ses livres de petites maisons dans lesquelles ses lecteurs puissent se sentir chez eux.

Retrouve-la sur son blog :
www.agneslaroche.blogspot.com

L'ILLUSTRATRICE

Née en 1981, **Clotka** travaille à Paris en tant qu'illustratrice jeunesse et auteure BD. Elle publie sa première bande dessinée en 2009, avant de participer à différents collectifs diffusés sur Internet puis publiés chez Dupuis. En 2015, son dernier album d'aventures, *Perles et pirates*, paraît chez Casterman. Elle travaille en parallèle pour la presse jeunesse et la publicité. Elle aime les vidéos de chatons, cuisiner, râler et être à l'heure.

Retrouve-la sur son blog : www.clotka.blogspot.com

L'apprentissage de la lecture est une étape importante dans la vie de l'enfant.
Parfois, c'est aussi un parcours du combattant : bataille pour reconnaître les lettres, identifier les mots, comprendre le sens du texte. Mais c'est aussi un grand bonheur : celui de partager les aventures de héros extraordinaires, de vivre des émotions particulières, de s'ouvrir sur le monde.
Cette nouvelle collection a été pensée pour ceux qui «n'aiment pas lire», parce qu'ils n'ont pas encore trouvé le plaisir de lire : jolie présentation, mise en page aérée et agréable, police d'imprimerie facilitant la reconnaissance des lettres, déroulé narratif simple, aide à la compréhension avec présentation des personnages et du contexte de l'histoire, vocabulaire adapté.
Parce que lire est un vrai plaisir qu'il faut partager avec tous les enfants, il faut le rendre accessible à tous.
Donnons-leur cette chance !

Monique Touzin
Orthophoniste au Centre Paris Santé Réussite et professeur d'orthophonie à l'Université de Médecine Pierre et Marie Curie.

DANS LA COLLECTION FLASH FICTION

Les éditions Rageot remercient Monique Touzin
pour l'aide qu'elle a apportée à l'élaboration
de la collection « Flash Fiction ».

Achevé d'imprimer en France en mars 2017
sur les presses de l'imprimerie Jouve, Mayenne
Dépôt légal : avril 2017
N° d'édition : 5513 - 01
N° d'impression : 2527411U